VENTE

du Mercredi 8 Avril 1914

HOTEL DROUOT, SALLE N° 6

à 2 heures 1/2

EXPOSITION PUBLIQUE

Le Mardi 7 Avril 1914

De 2 h. à 6 heures

TABLEAUX

ANCIENS & MODERNES

DESSINS - MINIATURES

Mᵉ René **BALLU**

COMMISSAIRE-PRISEUR

M. F. **MARBOUTIN**

EXPERT

CATALOGUE

DES

TABLEAUX

ANCIENS ET MODERNES

PASTELS, DESSINS, MINIATURES

dont la vente aux Enchères Publiques aura lieu à Paris

HOTEL DROUOT, SALLE N° 6

LE MERCREDI 8 AVRIL 1914

à 2 h. 1/2 précises.

COMMISSAIRE-PRISEUR
M° RENÉ BALLU
Successeur de M. COULON
12, Rue de la Victoire.

EXPERT
M. F. MARBOUTIN
PEINTRE
2, Rue de Marseille.

EXPOSITION PUBLIQUE

Le Mardi 7 Avril 1914, de 2 heures à 6 heures.

CONDITIONS DE LA VENTE

Elle sera faite au comptant.

Les acquéreurs paieront *dix pour cent* en sus des des enchères.

Etablissements Belleville-Reneaux, 35, rue de Ponthieu.- Télép. Wagram 50-41

DÉSIGNATION

TABLEAUX ANCIENS

LUCAS
Attribué à EUGÈNE.

1 — *Procession dans un village d'Aragon.*

2 — *L'adoration de la Croix.*

ÉCOLE ANGLAISE

3 — *Portrait d'Homme.*

VERNET
Attribué à C. J.

4 — *Port de mer animé de personnages.*

TENIERS
Attribué à ABRAHAM.

5 — *Paysage avec figures.*

ÉCOLE HOLLANDAISE
(XVIIe siècle)

6 — *Voilier par grosse mer.*

KNELLER
(Genre de)

7 — *Portrait de femme.*

(Cadre bois sculpté.)
Toile de forme ovale.

POULET

8 — *La toilette de l'enfant.*

BOUCHER
(École de)

9 — *Buste de jeune fille.*
Pastel.

GREUZE
(Manière de J.-B.)

10 — *Buste de jeune femme.*
Toile de forme ovale.

GÉRARD DOW
(D'après.)

11 — *Le dentiste.*

(Cuivre.)

ÉCOLE FRANÇAISE
(XVIIIe siècle.)

12 — *Toile décorative représentant le parc d'un château, avec fruits, oiseaux et animaux.*

ÉCOLE FRANÇAISE
(XVIIIe siècle.)

13 — *Allégorie de la force, composition décorative.*

VLIEGER
SIMON DE.

14 — *Combat naval livré entre la flotte Hollandaise et la flotte Anglaise.*

MAZO
(JEAN-BAPTISTE DEL.

15 — *Saint Jean-Baptiste.*

ÉCOLE FRANÇAISE
XVIIIe siècle.

16 — *Portrait de femme.*
17 — *Portrait d'homme.*
Pastels de forme ovale.

CONSTABLE
(JEAN

18 — *Falaise près de Folkestone.*

MARIESCHI
JACQUES

19 — *Vue d'un canal à Venise avec gondoles.*

MOUCHERON
(ISAAC)

20 — *Paysage animé de figures et d'animaux.*

ÉCOLE FRANÇAISE

21 — *Narcisse.*

ÉCOLE ITALIENNE

22 — *La Mort d'Abel.*

MANTEGNA
(ANDRÉA)

23 — *Les boules de neige.*

ZORG
(ÉCOLE DE H. M.)

24 — *L'Avarice.*

ÉCOLE HOLLANDAISE
(XVIIᵉ siècle.)

25 — *Le bas de laine.*

STEEN
(JAN)

26 — *L'assemblée au village.*

CANO
ALONSO

27 — *Sainte-Catherine.*

BOUCHER
ATELIER DE

28 — *Les amoureux surpris.*   160.

(Dessus de porte.)

TENIERS
MANIÈRE DE

29 — *Une Embuscade.*   50

GOYA

30 — *Les Hallucinés.*   230

(De la série des Caprices.)

TENIERS
ATTRIBUÉ A DAVID

31 — *Paysage avec figures.*

Au premier plan des paysans s'entretiennent, deux   433
chiens sont à leurs pieds. Un bouquet d'arbres autour
duquel de nombreux oiseaux aux couleurs écla-
tantes se poursuivent, se détache sur un ciel lumineux.

POURBUS
ECOLE DE

32 — *Portrait présumé de Pierre Jeannin, ministre
d'Henri IV et de Marie de Médicis.*

CARRIERA
(ROSALBA)

33 — *Portrait de femme, représenté en buste, la poitrine découverte, un manteau bleu est jeté sur ses épaules.*
Pastel.

34 — *Buste de jeune femme.*
Pastel.

POUSSIN
(NICOLAS)

35 — *Bacchantes.*

Au premier plan, une prêtresse de Bacchus est assise nonchalamment près d'un faune qui la lutine, tandis qu'un génie lui verse dans une coupe qu'elle tient de la main gauche, le breuvage des dieux ; fatigué par la danse et les libations, un jeune dieu est étendu à ses pieds.

Au milieu de la composition, une autre bacchante danse au son de la flute et des cymbales : à gauche, de jeunes génies s'amusent près d'une fontaine surmontée de la statue du dieu Pan.

Au fond, un temple et une colline se détachent sur un ciel nuageux.

BOSCH
(JÉROME)

36 — *Crucifiement.*

La vierge, St-Jean-l'Évangéliste et autres personnages se tiennent au pied de la Croix.

RUISDAEL
(Attribué à JACOB)

37 — *Paysage animé de figures.*

Au premier plan, deux enfants jouent près d'une mare animée de quelques canards, à gauche, un groupe de moines et de paysans.

Au second plan, près d'une ferme, un berger garde ses moutons, au fond, derrière un bouquet d'arbres, on aperçoit l'église du village.

200.-

ÉCOLE HOLLANDAISE

38 — *Paysage aux bords de la Meuse.*

Un chariot attelé de deux chevaux quitte la ferme. Différentes figures animent le paysage, au fond, un pont.

150.-

ALLORI
(Dit le BRONZINO)

39 — *Portrait d'un Doge.*

130.

BRIL
(Attribué à PAUL)

40 — *Paysage avec rivière et chasseurs.*

MURILLO
(École de)

41 — *Groupe d'enfants mendiants.*

BOUCHER
(École de F. F.)

42 — *Diane et Calypso.*

HERRERA. LE VIEUX
(FRANÇOIS DE)

43 — *Saint-Sébastien.*

PERRONEAU
(Attribué à J.-B.)

44 — *Portrait d'un magistrat.*
Pastel.
Cadre bois sculpté.

BOSCH
(JÉROME)

45 — *Le Christ bafoué.*

Petit panneau ayant figuré à l'exposition des Primitifs hollandais de la ville d'Utrecht.

ROSLIN
(ALEXANDRE)

46 — *Portrait de l'impératrice Catherine de Russie en costume national, portant un riche diadème et une magnifique parure de perles fines.*
(Cadre bois sculpté.)

VIGÉE-LEBRUN
(MARIE-ÉLISABETH)

47 — *Portrait de Cadoudal.*

PATER
(Attribué à J.-B.)

48 — *La promenade.*

Le seigneur et sa fiancée se promènent près de la ferme, paysans et paysannes regardent leurs jeunes maîtres.

RAOUX
(JEAN)

49 — *Pyrame et Thisbée.*

LAWRENCE
(Sir THOMAS)

50 — *Portrait de M. Petch.*

ÉCOLE HOLLANDAISE
XVIIe siècle.

51 — *Buveurs à la porte d'une auberge.*

HEEM
Attribué à de

52 — *Vase avec fleurs.*

OUDRY
J.-B.

53 — *Chien et bécasse.*

ÉCOLE FRANÇAISE
(XVIIIe siècle.

54 — *Portrait de Madame de France.*
Toile de forme ovale.

VERNET
(C. J.)

55 — *Paysage, bords de rivière, animé de figures.*

WILSON
(Attribué à)

56 — *Paysage avec figures et animaux.*

VAN DE VELDE
(ADRIEN)

57 — *Bateaux à l'ancre dans le Zuyderzée, par une mer calme.* 

RUBENS
(Attribué à)

58 — *La Vierge et l'Enfant-Jésus.*

RICCI
(SÉBASTIEN

59 — *L'Ascension.*
60 — *Apothéose.*

FRAGONARD
(Attribué à JEAN-HONORÉ)

61 — *Danaé.*

CHAMPAIGNE
(PHILIPPE de)

62 — *Portrait du prince de Condé.*
63 — *Portrait d'une Abbesse.*

MAZO
(J.-B. DEL)

64 — *Les cadeaux de la mariée.*
65 — *Un concert en famille.*

POUSSIN
(tAtribué à NICOLAS)

66 — *La Course d'Atlanta.*

VANUCCI
(Attribué à PIERRE dit LE PERUGIN)

67 — *La Sainte-Famille.*

POCOCK
(NICOLAS)

68 — Naufrage d'un Trois-Mâts.
69 — Bords de la Meuse.

HUGTENBURG
(JAN VAN)

70 — Combat de cavalerie entre Turcs et Autrichiens.

ÉCOLE HOLLANDAISE

71 — Passage d'un Gué dans un paysage mon-   125
tagneux.

JORDAENS
(JACQUES)

72 — Triton.

NEER
(Attribué a VAN DER)

73 — Effet de nuit.

BARBIERI
Dit LE GUERCHIN

74 — Sujet mythologique.

ÉCOLE ALLEMANDE

75 — Portrait de femme.   262

ÉCOLE FLAMANDE
XVIIe siècle.

76 — Portrait d'homme.   220

GUARDI
(FRANÇOIS)

77 — *Marché à Venise.*

ÉCOLE FRANÇAISE
(XVIIIe siècle.)

78 — *L'abbe indiscret.*

GOYA
(Attribué à)

79 — *Portrait d'homme.*

SALVATOR ROSA

80 — *Ruines de château avec figures.*

RUGENDAS
(GEORGES-PHILIPPE)

81 — *Après la prise de Troie.*

BOULLONGNE
(Dit LE VALENTIN)

82 — *Femme tenant un œuf dans la main.*

RAIBOLINI
(Dit FRANCIA)

83 — *Le Christ et les disciples d'Emmaüs.*

FRAGONARD
(Attribué à J. H.)

84 — *Fête d'artistes à Rome.*
Cadre bois sculpté.

ÉCOLE HOLLANDAISE

85 — *Paysage animé de personnages.*

CL. HOIN

86 — *Port de mer avec figures.*
Pastel.

87 — *Port de mer et figures.*
Pastel.

THEOTOCOPULI, dit EL GRECO
(Attribué à)

88 — *Saint-François en extase, tenant un crucifix dans sa main.*

(Attribué à sa première époque.)
Cadre bois sculpté.

TABLEAUX MODERNES

PALIZZI

285 89 — *Jeune berger gardant ses chèvres.*

TROYON

90 — *Etude de vaches.*
Non signé. (Esquisse.)

DELACROIX
(AUGUSTE)

320. 91 — *Des pêcheurs accompagnant un chariot attelé de deux chevaux, attendent l'arrivée des bateaux.*

ROUSSEAU
(Attribué à Th.)

92 — *Paysage.*

TROUILLEBERT

260. 93 — *L'entrée du hameau.*

GUILLAUMET
(GUSTAVE)

160. 94 — *Sur une plage Bretonne, les femmes des pêcheurs attendent l'arrivée des barques.*

DEFAUX
ALEXANDRE
95 — *Lac avec cygnes.*

150.

WILLEMS
(FLORENT)
96 — *L'attente.*

235.

RIBOT
(THÉODULE
97 — *Etude de moine.*
Esquisse.

GALOFRE
98 — *Repaire de brigands en Sicile.*

130 —

BARON
(HENRI
99 — *Esquisse pour son tableau " Bacchantes ".*

MILES
(T. R.
100 — *Vue d'une plage Bretonne avec figures et bateaux de pêche.*

CHARLET
(N. T.)
101 — *Le Halleur.*

BODDINGTON
(H. J.)
102 — *La Seine, près Rouen.*

ROUSSEAU
(PIERRE)
103 — *Trois bécasses mortes.*

MINIATURES

SICARDI

104 — *Portrait ovale d'enfant.*

PLIMER
(Attribué à)

105 — *Portrait ovale de jeune femme.*

HALL
(Attribué à)

106 — *Médaillon avec portrait d'homme en habit bleu clair. Derrière un emblème en grisaille.*

ISABEY
(Attribué à J.-B.)

107 — *Jeune fille au fichu rouge.*

BOUCHER
(Attribué à F.)

108 — *Diane et Vénus.*

AUGUSTIN

109 — *Portrait de femme.*

INCONNU

110 — *Portrait de femme.*

GOUACHES - AQUARELLES
DESSINS & GRAVURES

111 — ECOLE HOLLANDAISE. Vue d'un port, effet du soir. (Gouache).

112 — FRAGONARD (attribué à) La Folie. Gouache ovale.

113 —　　　—　　　　—　　L'Amour.　　—

114 — HUET (école de J.-B.). Jeune bergère. Dessin rehaussé).

115 — INGRES. Tête d'homme. (Dessin au crayon).

116 — DELACROIX (attribué à Eugène). Petite fille au pigeon. (Fusain).

117 — MADRAZO (Joseph de) Marché à Naples. (Gouache

118 —　　　—　　　　—　　Pêcheurs au port.　　．

119 —　　　—　　　　—　　Le Vésuve (effet de nuit)—

120 ·　　　—　　　　—　　　　—　　　—

121 — INCONNU. La promenade à Nice en 1840.　—

122 — ÉCOLE ANGLAISE. Buste de femme.　　—

123 — LAMBIRI. Ruines romaines. (Deux aquarelles).

124 — HARLOW (attribué à). Tête de femme. (Esquisse
à l'aquarelle).

125 — ÉCOLE FRANÇAISE. Phœbus. (Dessin goua-
ché). (Cadre bois sculpté).

126 — DAUMIER (attribué à). Après la mort de Néron.
(Sépia).

127 — GAVARNI (attribué à). Jour de Carnaval et Idylle.
(Deux dessins à la plume).

128 — TIEPOLO. Projet de plafond. (Sépia).

129 — RICCI.   —   —

130 — DAVID (attribué à). Viriathe proclamé général
par son peuple.

131 — ANDREA DEL SARTO. Adoration des bergers.

132 — PRUD'HON (attribué à). La Justice poursui-
vant le crime.

133 — LESUEUR. Vision de Sainte Thérèse.

134 — Sous ce numéro dessins et gravures.

135 — Sous ce numéro dessins et gravures.

136 — Sous ce numéro dessins et gravures, sera divisé.